세상에서
가장
짧은
소설

세상에서 가장 짧은 소설

초판 1쇄 발행 2024년 12월 11일

지은이 유해옥
펴낸이 장현수
펴낸곳 메이킹북스
출판등록 제 2019-000010호

디자인 윤목화
편집 윤목화
교정 강인영
마케팅 김소형

주소 서울특별시 구로구 경인로 661, 핀포인트타워 912-914호
전화 02-2135-5086
팩스 02-2135-5087
이메일 making_books@naver.com
홈페이지 www.makingbooks.co.kr

ISBN 979-11-6791-635-8(03810)
값 16,800원

ⓒ 유해옥 2024 Printed in Korea

잘못된 책은 구입하신 곳에서 바꾸어 드립니다.
이 책의 전부 또는 일부 내용을 재사용하려면 사전에 저작권자와 펴낸곳의 동의를 받으셔야 합니다.

홈페이지 바로가기

메이킹북스는 저자님의 소중한 투고 원고를 기다립니다.
출간에 대한 관심이 있으신 분은 making_books@naver.com으로 보내 주세요.

세상에서
가장
짧은
소설

유해옥 단상집

메이킹북스

Prologue

초현실주의 창시자인 앙드레 브르통의 '나자'를 읽기 위해 카페에 온다. 두 시간 남짓, '나자'를 만나 '앙드레 브르통'을 이해하는 중이다. '나자'를 이해하기 어려우니 그 역시 이해가 안 된다. 게다가 '나자'의 어디가 그렇게나 매력적인지 정말 모르겠다. 그러나 그건 내 탓이 아니니까. 신기한 발견은 '나자'가 드로잉한 그림 중 '사이렌' 형태의 그림을 보았다는 것이다. '나자'는 자신의 그림을 '앙드레 브르통'에게 보여주었다.
분명한 건 그들은 19세기에 살았고 나는 21세기에 살고 있다.
우린 어디에서도 만날 수 있다!
다음에 다시 만나야겠다.
안녕.
나자….

1. 동네 카페, 2024

목차

Prologue	4
# 완전히 새 났어	10
# 용기가 필요해	11
# 노동의 깨알 재미	12
# 개념미술요?	14
# 시뮬레이션	15
# 마이 웨이	16
# 한물간 역사란 없다	17
# 초현실은 천상천하 유아독존이다	18
# 그들만의 세상	19
# 다들 그러고 살잖아	20
# 오늘도 걷는다마는	21
# 헤쳐, 그리고 모여	22
# '하기'보다 '되기'는 어렵다	23
# 공백	24
# 헐!	25
# 아무도 모르는 것이 새로운 것이다	26
# 그게 다 조상님 덕입니다	27
# 그래서 작작(綽綽)해요	28
# 예술은 평등하다	29
# 그들은 뭔가 특별한 걸 할 거 같은	30
# 멋대로 상상하기	31
# 그림은 영화다	32
# 뭐, 그렇다는 거다	33
# 내 눈에만 예술품	34
# 소설을 추천합니다	35
# 난, 참 쉽겠다	36
# 진실이 사실일 리 없어	37

고행일세 38
나는 몽상가 39
꼬리 41
한 번도 노동해 보지 않은 것처럼 노동하라 42
고장 난 난로 팝니다 43
혁명의 목표는 주체다 44
내가 있다고 네가 없는 것은 아니다 45
아름다움은 소유하는 것이 아니다 46
나쁜 인간은 없다, 나쁜 인간들만 있다 47
자유는 당신의 것입니다 49
무의식 50
찐! 51
개념 미술이 좋다 52
때때로 생뚱맞은 연출과 반전 53
전시를 하지 않을 이유 54
지금의 종말 55
이상한 사람들의 고통 56
걱정 마, 나르시시스트면 좀 어때 57
걱정 마, 밥은 먹고 살아 58
그토록 많은 영화를 보는 이유 59
주문을 걸어! 60
자기 정체를 잃은 후에야 정체를 얻는다 61
어두운 바다가 모든 것을 삼켜 버릴지 몰라 63
그럴 리가 66
생각이 후진걸 67
순례 아니고 술래라고! 68
이미 충분하다 69

싸움의 기술 70
포스트모더니즘 71
무념 72
엄지, 척! 74
삶은 역할극이다 75
세상에서 제일 친구가 많은 76
What? 79
심술과 애교 사이 80
내 멋대로 뽑기 82
꿈, 카메라맨 구함 83
불편하십니까, 불쾌하십니까 84
혐오주의는 없다 85
젠장! 86
책임 없는 책임감 87
비켜 주세요, 사람! 88
감각의 자유 90
아무 말 대잔치 91
그림 이야기 92
진짜와 가짜는 없다 94
지금의 열매는 어디에서 왔을까 96
당신은 당신의 삶을 그릴 수 있습니까 98
다시 바다로 가고 싶다 100
난 알아요 102
정직의 보상은 자신이다 103
알아서 해 104
세상 편해 105
실력 부족 106

인간은 감정을 연출한다   108
훔칠 수밖에   110
내 눈엔 모두가 예술가로 보여   111
주체적 혼연일체   112
나는 유능함뿐이다   113
균형털이   114
진짜 부자가 되다   116
의미 없음의 의미   118
창작은 권력이다   120
나의 바다 나의 그림   121
유료 대화   122
어떻게 너를 사랑하지 않을 수가 있겠어   124
팔로워   126
샘   128
그림 잡는 AI   129

완전히 새 됐어

슬플 때도 난 노래를 불러요.
다른 건 할 줄 몰라요.

2. '새' 모작 시리즈 중, 2022

용기가 필요해

3. 여자, 2020

자존감이 누군가의 칭찬이나
인정이라고 생각했어요.
이제 그보다는 자기 고백 같은 거란
생각이 들어요.

노동의 깨알 재미

4. 몇 날 며칠 아무도 없을 때, 2023

어떤 일,

그러니까 일상에서 익숙해질 대로 익숙해진

청소나 설거지, 식사 준비 등 그 외 집을 돌보는

일들을 할 때 그런 경험을 해요.

내 몸이 마치 한 곡의 음악으로 설정되어 있는

인형 같아요.

익숙한 일을 순식간에 끝내고 나면

마치 내가 춤을 춘 거 같다니까요.

* 주의: 과부하가 일어날지 모르므로 매일 하지 말 것

개념미술요?

'세상에서 가장 짧은 소설'을 쓰는 이유를 설명하자면 포스트모더니즘을 따르는 작가로서 작업의 확장이라는 사유 개념 정도 되겠다. 따라서 문학과는 전혀 상관이 없다. 회화에서 서사, 즉 종교나 역사 또는 소설이나 동화 속 삽화와의 관계를 전복시키듯 현대 미술의 개념을 최대한 전복시키고자 함이다.

5. 어느 날 벽에서 내려온 시계, 2022

시뮬레이션

사람들은 내가 만들어 낸 이미지를 좋아해요. 나는 그런 사람들이 좋아요. 왜냐하면 내가 추구하는 것도 비현실적인 판타지나 이상을 도상화하는 거거든요.

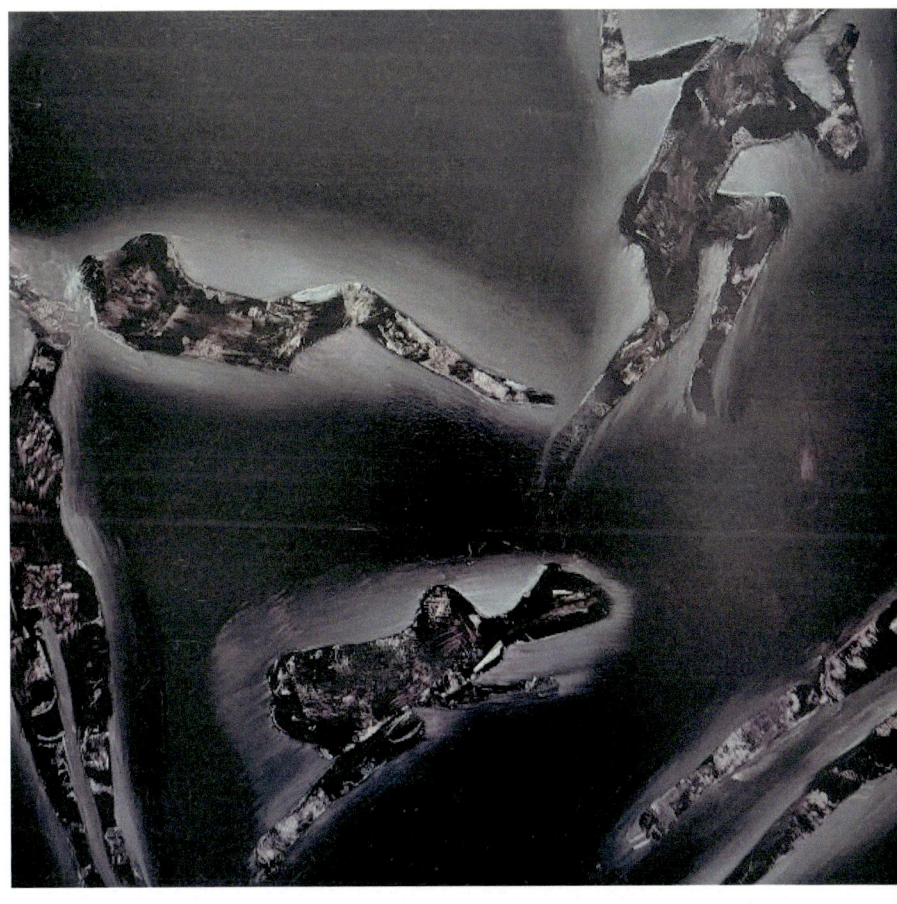

6. 새로운 기법을 시도, 2021

마이 웨이

나는 그림을 잘 그리기 이전에
'화가는 그림을 잘 그려야 한다'는 생각으로부터 자유로워질 수 있었어요. 그걸 몰랐다면 지금도 그림을 잘 그리기 위해 시간을 허비하고 있었을 거예요.

한물간 역사란 없다

"초현실주의는 이제 한물가지 않았나요?"

"아니요. 새로운 개념을 확장시키기엔 과거보다 좋은 게 없죠."

7. 공백을 찾아서, 2023
추상에서 구상 찾기 시리즈 중 1번째,
마치 커다란 돌덩어리의 얼룩에서 이미지를 찾아가며 완성

초현실은 천상천하 유아독존이다

초현실주의 회화야말로 모방이 안 되는 양식이죠.
저마다 다른 무의식으로 다른 꿈을 꾸니까요.

8. 사이렌 시리즈, 2024
사이렌을 탐구하면서 캐릭터의 특징을 다양하게 구상 중

그들만의 세상

어떤 화가들의 그림을 보세요.
그들이 친절하던가요? 매너가 좋던가요?
누구도 그림을 감상하는 감상자의 비위를 건드릴 수 없어요.
그러나 그들은 할 수 있죠.
그게 그림이에요.

9. 드로잉, 2021

다들 그러고 살잖아

고립감이나 소외감이 주는 쾌감은 분명 있어요. 이를테면 내가 아주 특별한 존재라 느껴지는 기분이 들기도 하니까요.

10. 카페에서 바라본 옥상 주차장, 2023

오늘도 걷는다마는

11. 사과 썩히기를 시도하다, 2021 정말 썩어서 벌레가 나올 거 같아 포기했다.

어쩌다 잠시 길을 흘리면 예상 밖 풍경이 펼쳐진다.

꿈같은 낯선 배경에 잠시 나조차 잃은 듯

시공간을 넘어 세상 밖으로 뚝 떨어져 나간

기분이 든다.

경험이라고 할 수도 없는,

입력된 정보 없는 불안,

그리고 미치도록 흥분케 하는,

길을 잃는다는 건 그런 거다.

헤쳐, 그리고 모여

나의 정신세계는 상상과 사유라는 분별의 세계를 갖고 있어요. 그렇지만 작업을 들여다보면 그것들은 언제나 한데 모여 있어요.

12. 가을 코스모스 앞에서, 2023

#'하기'보다 '되기'는 어렵다

이기적인 인간이 되기 위해 얼마나 애썼는지 알아요?

13. 콧수염 패러디 자화상, 2022

14. 사이렌 시리즈, 2024

지금 열심히 하는 건 어쩌면 가장 사소한 것들인지도 몰라요.
가장 중요한 건 이미 나란 그릇을 만들 때 다 썼을 테니까요.
지금은 그저 그릇의 공간을 채워 나갈 뿐이죠.

공백

왜 겸손한 사람을 좋아할까요?

내가 그보다 낫다고 생각하는 걸까요?

#헐!

15. 공항의 여행객들 틈에서, 2023

아무도 모르는 것이 새로운 것이다

16. 강남구청 앞 한 식당 2층에서 내려다본 사람들, 2024

코에 걸면 코걸이, 귀에 걸면 귀걸이예요.
미술사의 양식에 내 그림을 맞춘다는 건 그런 거예요.
새로운 걸 한다 쳐요. 새로운 걸 누가 알기나 하겠어요?
그러니 옹졸해질 수밖에요.

예전엔 추석 때 해외로 여행을 가면 그런 말을 했죠.
"쟤들은 조상도 없나."

그게 다 조상님 덕입니다

17. 조상님을
사랑합니다,
2022

내 작품과도 사랑에 빠지지 못할 거면
내가 왜 태어났겠는가

그래서 작작(綽綽)*해요

* 작작(綽綽)하다: 빠듯하지 아니하고 넉넉하다.

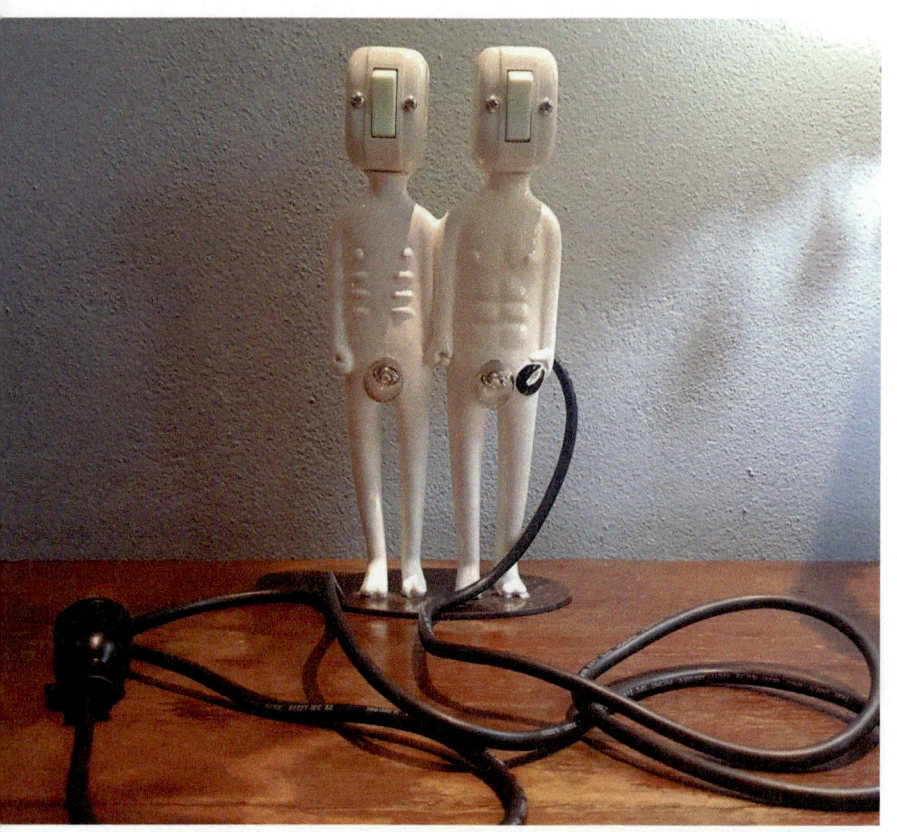

18. 내돈내산 컬렉션, 2019(치앙마이)

예술은 평등하다

내가 왜 예술가가 되고 싶은지 아세요?
예술은 사람을 평가하거나 판단하지 않아요.
그저 작품으로 한 인간을 대할 뿐이죠.

19. 자화상, 2023

나는 예술가의 삶을 지향해요.

끊임없이 작업을 하고 창작의 세계와 소통하죠.

그럼에도 예술가들과 어울리고 싶지 않은 이유는 뭘까요.

그들은 뭔가 특별한 걸 할 거 같은

20. '응' 머리핀을 꽂고 있는 여자, 2020

멋대로 상상하기

현대 미술에서 회화의 '서사'가 사라졌다 쳐요.
그런데 왜 '상상'마저 제거되었다는 기분이 드는 거죠?

21. 영화의 한 장면이 생각났어, 2018

나의 구상은 시나리오가 되고 캔버스에 펼쳐진 세상은 한 편의 영화가 돼요.

그림은 영화다

22. 사이렌 시리즈, 2024

뭐, 그렇다는 거다

지금도 여전히 내 남은 삶 동안,
날 위해 무엇을 할 수 있는가, 또는 해야만 하는가에 대해 생각한다.
오늘 아침, 문득 드는 생각이다.
150점, 어쩌면 그보다 많은 그림들을 그려낸 행위로
그동안 살아온 나의 복합적인 삶이 정리된 것이 아닐까.
그리고 들었던 생각, 그렇다면 더 이상 그림을 그릴 필요가 있을까.
그리고 다시 드는 생각,
이제부터는 내 그림을 연구하고 분석하는 일로 남은 시간을 채워 가야 할 때가 아닌가 생각해 보았다.
그리고…,
역시 할 일은 끝이 없구나 중얼거렸다.

23. 아파트 현관문 앞에 세워 둔 빗자루, 2023

예술은 만들어 내는 게 아니에요.

우연히 만나거나….

우연히 발견하거나….

내 눈에만 예술품

소설을 추천합니다

뭐라구요?
도무지 날 이해하지 못하겠다구요?
오, 그건 당신의 문제예요.
당신의 이해력이 부족해서라구요.

24. 회화 수업 과제, 지점토로 동물 만들기, 2020 (망함)

동화 속 '헨젤과 그레텔'처럼 말예요.
남매는 길을 잃지 않고 집으로 돌아가기 위해 흔적을 남기잖아요.
어쩌면요, 인간도 돌아갈 곳을 찾아가기 위해 수없이 수많은 표현으로 흔적을 남긴다는 생각이 들어요.

난, 참 쉽겠다

25. 마띠에르 표현 연습작, 2019

내가 그림을 잘 그린다면 사실적으로 그릴 거예요.
그렇지만 나는 사실에는 관심이 없어요.
초현실이라든가 무의식 같은 거에 더 관심이 있거든요.

진실이 사실일 리 없어

26. 비틀즈 따라가기? 작업, 2021

고행일세

27. 앱을 이용한 작업, 2022

누구도 상관하지 않는 것을 할 때 스스로를 극단적으로 만들 때가 있어요. 무용하고 무모하고 그것이 용기인지 투쟁인지 궁금해요.

나는 몽상가

여행지에서의 아침 시간은 늘 여유롭다.
베트남의 어느 조용한 리조트의 아침이 그리워 베트남 커피 원두를 사서 내려 마신다. 그렇게 언젠가 어느 곳의 그리움이 차오를 때면 함께한 것들을 끌어당긴다. 어떤 배경, 어떤 향기, 물질이나 물체든 모두 내게로 온다. 여행지와 관련된 이미지가 떠오르고 그것들이 만나 섞인다. 갑자기 내가 영화 속 인물이 된다.
음악과 모르는 사람들이 끼어들고 왜곡된 이미지가 팽팽하게 나를 채운다.
자유를 넘나들며 비현실로 나를 가꾼다.
그리고 여전히 여행 중임을 느낀다.

28. 여행지에 막 도착, 사과 세 알과 물 한 병, 2022

꼬리

한 작가의 페르소나는 그림을 그리는 과정에서 자신의 정체성을 발견하고 주체를 획득하고 난 뒤 비로소 만나게 되는 과정이에요. 저마다 다르겠지만 나의 페르소나를 만나는 데 10년이 걸렸어요.

29. 꼬리의 상징은 주체이다, 2024

한 번도 노동해 보지 않은 것처럼 노동하라

한 작가에게 물었다.
"영감은 어디서 받나요?"
"영감 따윈 없어요. 오로지 노동만이 있을 뿐이에요."
지금까지 내 그림에 온 마음과 정성을 쏟았다.
이제부터 노동이다.

30. 작업 후 장갑과 물감 정리, 2022

고장 난 난로 팝니다

남자는 난로 같아요.

다가가면 뜨거워지고 멀어지면 차가워져요.

남편도 한때 그랬죠.

이젠 고장이 났는지 말을 안 들어요.

뜨거웠다 차가웠다 지 맘이에요.

31. 스텐실 기법으로 조지콘드 모작, 2021

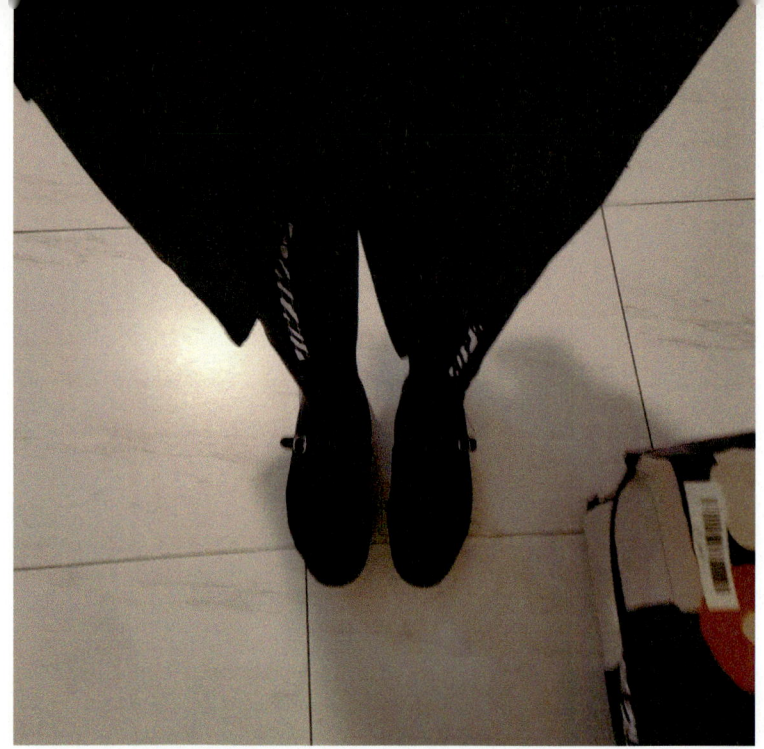

32. 다녀왔어요, 2023

나의 혁명은 먼 곳에 있지 않아요.

나의,

나에 의한,

나를 위함에 있어요.

혁명의 목표는 주체다

내가 있다고 네가 없는 것은 아니다

무의식은 그 어떤 것에도 지배받지 않아요.
그것이 주체성으로 길들여진다면 어떤 세상이 될지
모르겠어요.

33. 토르소 자아, 2018
최초의 창작품으로 자아와 여성에 대한 탐구가 시작되었다. 완전체가 아닌 토르소를 그리면서 주체적이지 못한 자신과 여성이라는 성적 프레임에 갇힌 정체성에 대한 각성이 시작됐다.

아름다움은 소유하는 것이 아니다

나는 더 이상 아름다움에는 관심이 없다.
그건 내가 아름다움에 흥미를 잃었다는 건 아니다.
아름다움이란 일시적이고 소비적이고 다다를 수 없는 불완전하다는 걸 알았기 때문이다. 그럼에도 아름다움이 여전히 흥미로운 건 사소하게 놓쳤던 것들을 운 좋게 만난다는 것이다.
낡고 추레해진 옷장 안의 옷꾸러미들이 별안간 터져 나오는 순간처럼, 우연한 현상 같은 뜻밖의 찰나이다.

나쁜 인간은 없다, 나쁜 인간들만 있다

34. 달나라 가자, 2022

현실에서 사람들을 만나지 않는다고 사회성이 떨어지는 게 아니에요. 나는 언제나 가공의 인물들과 만나고 소통해요. 그들과 있을 때 나는 가장 인간적인 모습이 돼요. 소통하는 방법이 현실의 사람들과 다르지만 그들은 거짓말도 과장도 하지 않아요. 못되고 사악한 인물조차도 그래요.

자유는 당신의 것입니다

35. 박제가 된 발레리나의 꿈, 2022

사람들이 왜 화가 났는지 알아요.
좀처럼 자유할 수 없어서예요.

무의식

나의 캔버스가 바다라 쳐요.
나는 바다에서 늘 새로운 걸 건져 내요.
꺼내도 꺼내도 끝없이 딸려 나오는….

36. 사이판 바다, 2022

찐!

환대에도 멸시에도 굴복당하지 않는 자들이 있어요. 그들이 이긴 자예요.

37. 기억의 저편, 2020 정체성을 찾기 위해 유년을 만나는 과정

개념 미술이 좋다

현대 미술은 볼 게 너무 많아요.
따라서 생각할 시간이 더 많아졌어요
그러니 점점 할 말이 많아질 거 같아요.

38. 유통 기한이 지난 통조림의 한을 달래려 장례식을 치러 주기로 했다.

때때로 생뚱맞은 연출과 반전

캔버스는 인생 같아요.
모든 게 뜻대로 되지 않아요.

39. 세포로 얼룩진 바다, 2018

# 전시를 하지 않을 이유

회화만으로 충분하지 않다는 생각이 들어요. 전시를 한다고 그림 몇 점 걸어 놓고 그걸 보기 위해 먼 거리를 수고해 주는 분들에게 미안한 마음이 들 거 같아요. 그림이라면 아무 때나 어디서나 보면 좀 어때요.

지금의 종말

현대인들은 리얼리티를 좋아한다.
지금, 방금, 막, 그것들은 카메라에 담겨지고
쉴 새 없이 가상의 세계로 진입, 그렇게 가공된 세상은 완벽해지는 듯하다.
그러나 그 순간 역시 시간이 흐르고 변화를 감지한 순간 또 다른 '지금'이라는 '지금'. 지금이 지나면 마치 세상이 종말해 버릴 듯 세상을 빨아들이고 흡수하고 먹고 마시고 그래서 '지금'은 늘 허덕인다.

40. 코로나 쇼핑, 2021
코로나로 인해
일상의 불편함을 해소하는
방법 중 하나는
인터넷 쇼핑이었다.
사람들은 쇼핑을 맘껏
하지 못했지만
늘 쇼핑을 했다.

이상한 사람들의 고통

창작자들이 고통스럽다고요?
그들의 고통 역시도 타자에 의해 만들어진 거겠죠?
예를 들면 그들이 하는 짓을 이해할 수 없거나 이상하다고 생각하는 시선들요. 전문가만이 창작자의 세계를 인정한다 쳐요. 인정받은 이들은 더 이상 이상한 사람이 아니어서 다행이지만 인정받지 못한 이들은 여전히 이상한 사람인 건가요?

41. 페르소나의 진화, 2022

내가 생각하는 예술은 누군가와 사랑에 빠지듯 자신과 사랑에 빠지는 것이다. 그것은 나르시시스트와는 다른 것이다. 나르시시스트가 타인에게서 자신의 욕망을 취하는 것이라면 자신과 사랑에 빠지는 것은 스스로 욕망을 발견하고 자신을 찾아가는 과정이기 때문이다.
그것은 오히려 타인의 욕망으로부터 벗어나려는 시도이다.

걱정 마, 나르시시스트면 좀 어때

그림을 안 그릴 땐 주로 뭘 하세요?

글을 써요.

글을 안 쓸 때는요?

그림을 그리죠.

걱정 마, 밥은 먹고 살아

42. 사막의 질주, 2020
한바탕 사막의 질주를 끝내고, 평온한 자연을 감상하고 싶은 마음으로.

그토록 많은 영화를 보는 이유

나는 사람이 좋다.
그래서 사람들의 이야기를 좋아한다.
그렇지만 사람을 좋아한다고 해서
특정한 사람을 좋아하는 것은 아니다.
사람이라는 인간의, 인류의 모든 것이 좋은 것이다. 어떤 국적이라든가 신체나 외모, 어떤 성격, 악하든 선하든 그저 좋은 것이다.
그런데 이상이다.
사람에게 관심을 갖고 인간의 역사나 사회 문명에 다가갈수록 진짜 좋아할 만한 사람은 없다는 것이다. 그것은 사람에게 느끼는 감정이나 애정과는 다르다.
단순히 인간이라는 생명체를 '좋다 싫다'의 감정으로 판단하고 구분 짓기는 어렵다는 것이다.
어쩌면 나는 사람을 좋아한다기보다는 사람을 관찰하는 것을 좋아하는 것이다. 그것은 현실이든 비현실이든 늘 일어나는 일이다.

솔직해지려는 순간 우리는 진실이라는 거대한 문을 통과해야만 해요. 예전엔 그 문을 마주할 때마다 되돌아가곤 했죠.

43. W호텔 로비 전시작, 2021

주문을 걸어!

자기 정체를 잃은 후에야 정체를 얻는다

작업자가 종종 듣는 말이 있다.

"그림으로 풀어." 그 말에 기분이 좋을 리 없다.

그림 그리는 일이 코 풀기라도 되는 양 쉽게 말하다니, 그 말이 언짢았다면 그땐 아마 그림을 그리는 데 힘이 좀 들어갔던 모양이다.

이제야 그 말이 맞겠다는 생각이 든다.

풀어내는 것, 그럴 수 있다면 풀어서 해결하려는 그것이 수행의 의미로 받아들여진다고 해야 할까.

코를 푸는 가장 시원한 방법은 내가 직접 코를 만져 보는 것이다. 어느 부분에 강약을 조절할지 코를 푸는 도구가 종이인지 천인지 상황에 맞는 주체적 해결이 가능하기 때문이다. 그림들과 있다 보면 내가 다른 세계를 넘나드는 것이 아니라 그 세계가 나를 침범하고 있다는 생각이 들 때가 있다. 나는 그림에 포섭된다. 그럴 때 나는 나로부터 벗어난다.

그것은 나는 내가 아닌 것이다.

오, 이런….

나를 찾았다 싶었는데 나는 내가 아니었고 다시 온전한 나의 정체를 발견했나 싶었는데 여전히 내가 진짜 내가 아니라고?

그러나 걱정하지 않는다. 나는 내가 아닌 동시에 그 무엇도 될 수 있는 사라진 경계의 무한한 세계를 만날 수 있게 되었으니까. 그림을 그리는 행위는 주체이고 그 주체는 정신이지만 정신이란 사실 정체가 없는 공허한 세계로 넘나드는 것이다.

위 내용은 그림을 그리면서 변화된 내적 체험이다. 10년이라는 시간 동안 급류처럼 빨려 들었기에 가능했겠다.

반세기 동안을 나란 존재의 인식조차 없이 살다 이렇듯 갑자기 몰입을 할 수 있었던 건 왜일까. 그럴 수밖에 없는 이유가 나여서 가능한 걸까 의구심도 든다.

마침내 가야 할 길이 정해졌다.

한 개인의 재발견 이후, 인간의 표현 수단이 존엄한 가치를 갖는다는 것을 알게 되었다. 그것은 생명 의지를 지닌 인간이기에 가능한 것이다. 그러므로 생명 충동 에너지는 내가 살아가는 동안 끊임없이 꿈틀거릴 것이다.

44. 셀피에 앱 작업, 2024

어두운 바다가 모든 것을 삼켜 버릴지 몰라

석양을 보며 저녁을 먹기로 한 날 우리는 해 질 무렵 비치파라솔에 앉아 있었다. 주문한 피자와 해산물 튀김 그리고 콜라와 맥주를 마시며 가까이 있는 파도 소리와 바람을 느끼고 있을 때였다.
어디선가 서너 명의 아이들이 우르르 나타나더니 하얀 모래사장에 주저앉았다. 노을을 바라보던 우리는 갑작스런 작은 아이들의 모습에 시선을 빼앗겨 버렸다. 뒤이어 젊은 부부가 한 명의 아이를 안고 나타났다.
가장 키가 큰 여자아이.
그보다 작은 남자아이.
다시 여자아이 또 여자아이.
그리고 막내인 듯한 여자아이.
몇 번을 세어 보았고 정확히 5명이었다.
막내인 듯한 여자아이에게 눈길이 멈췄다.
네댓 살이나 되었을까. 작고 사랑스러웠다.

아이들은 똘똘 뭉쳐, 놀이에 바빴고 막내 아이는 거의 뛰어다녔다. 이들 가족이 어디에서 왔는지 알 수 없었다. 다만 지금 막 도착한 리조트에 짐을 내려놓고 바다로 달려 나왔을 것이다. 잔잔한 파도가 밀려오는 백사장, 석양에 비친 바다 그리고 아이들의 모습을 한동안 지켜보았다.
해가 지자 바다는 점점 어두워졌다.
젊은 부부는 아이들에게 잠시도 눈을 떼지 못한 채 파라솔 의자에 앉아 아이들에게 주의를 주었다. 노을을 받아 발그레한 얼굴, 눈에는 웃음이 가득한 두 사람이 간간이 속삭이는 말이 파도에 묻혀 잘 들리지는 않았지만 바람을 타고 전해지는 모든 것이 달콤하고 부드러웠다.
얼마간 지켜보던 중 유난히 눈길을 끄는 소녀. 4명의 다른 형제자매들과 3m쯤 떨어져 놀고 있었다. 파도 위에 나란히 누워 파도에 자신의 몸을 맡기는 행동을 반복적으로 했다. 소녀의 머리는 바닷물에 젖어 양쪽으로 가늘게 늘어져 허리에 붙어 있었다. 금발보다 어두운 짙은 갈색이었다. 마치 죽은 듯 늘어진 모습처럼 있기도 했고 팔을 늘어뜨리고 엎드려 모래사장에 귀를 대기도했다. 날이 어두워지자 소녀의 하얀 피부에 푸른빛이 돌았다.
가족의 출현은 아름다움은 물론, 이것이 현실이 아니어도 미소 짓게 만들기에 충분한 상황으로 완벽에 가까웠다. 누가 누구의 감상자인지 자연과 인간 중 누가 주인이고 누가 손님인지, 모든 것이 경계 없이 사라졌다.
우리는 가끔 아무 말이나 하면서 키득거렸다. 어차피 저들은 알아들을 수 없으니 서로 다른 언어가 참으로 유익하다 생각하면서.
그러다 문득 한 소녀, 유난히 피부가 푸른빛이 도는 소녀가 물거품이 되어 바닷속으로 사라지는 상상을 하는 순간, 놀라 주위를 둘러보니 7명의 가족들이 모래사장을 벗어나 리조트의 식당으로 향해 걸어가고 있었다.

그럴 리가

"신선해?"

"방금 했어?"

"얼마나 지났어?"

음식과 촉각을 다투는 그에게 한마디 했다.

"넌 싱싱하니?"

45. 유리잔에 빨간 액체를 담은 이미지 작업, 2019

생각이 후진걸

많이 알면 뭐 해요.

46. 정신이 없으면 모든 것은 하나가 된다(작업실), 2024

순례 아니고 술래라고!

비판이나 비난에 대한 불안감은 누구에게나 있다.
그것을 피하는 방법을 사람들은 알고 있다.
내가 아는 사실은 그것이 진실이 아니라는 것이다.
가끔 나는 혼자 술래가 된다.
그리고 숨어 있는 자들을 조롱한다.
"내가 술래야. 그러니깐 넌 숨어.
계속, 그렇게 숨어 있으라구."
들킬까 숨죽이는 숨소리.
온 힘을 다해 구겨지는 몸과 정신.
그러나 상관없다. 나는 그들을 두고 떠난다.
숨바꼭질은 그런 거다.
찾아야 할 것은 숨은 자들이 아니라 그들과 나 사이 존재하지 않는 것,
공백의 세계.
그 공백을 나 홀로 소유한 기분이란….
보이는 모든 것을 버려두고 홀로 떠날 때 나는
진짜 술래가 된다.
인생은 술래다.

47. 작업실에서(휴식 중), 2019

이미 충분하다

싸움의 기술

48. 사이렌 시리즈, 2024

"남편은 한 번도 날 비난한 적이 없어요."
"그럼 싸움은 일어나지 않겠군요."
"오, 아니에요. 바로 공격에 나서죠."
텍스트는 회화에 자주 등장해요.
상징이나 레퍼런스로 이용하거든요. 내가 쓰는 '세상에서 가장 짧은 소설'은 소설과는 전혀 상관없어요.
오히려 현대 미술의 개념적 시도라는 데 의미가 있어요.

포스트모더니즘

무념

나의 그림엔 시공간이 없어요.
누구의 시선이나 관섭도 없어요.
주체적인 관념으로 그림을 그려요.
그러나 내 그림이 누군가에 보여지는 순간 나의 주체는 더 이상 존재
하지 않아요. 그곳엔 이미 다른 주체의 힘이 사용될 테니까요.

49. 무념, 2020
가장 어린 날의 기억은 어느 지점이었을까.
도무지 기억할 수 없는 태아의 기억을 상상했다

엄지, 척!

난 나를 믿어요.
내가 나를 엄청 도와주고 있거든요.
아마 그건 누구도 따라올 수 없을걸요.

오늘 당신은 무슨 역할이었나요?

50. 오늘 당신은 무슨 역할이었나요?, 2024

삶은 역할극이다

세상에서 제일 친구가 많은

친구.
정해진 뜻 외 수많은 의미나 상징으로 생각해 봐도 역시 친구란 단어가 점점 퇴색되는 기분은 어쩔 수 없다.
식구나 혈육이 아니어도 그들보다 가까이 오랜 시간 함께하는 경우도 있고 적당한 거리에 늘 존재하는 친구가 있다. 평생 내 신체의 기관처럼 마음 안에 있는 친구도 있다. 중요한 건 친구뿐 아니라 어떤 관계든 물리적 공간으로 타인과의 관계를 정의할 수 없게 되었다는 것이다.
나에게 친구란 집 안의 잡다한 물건들 또는 오가는 거리의 풍경 또는 건물이다. 더러 타인의 소유지만 내 눈에만 보이는 것들, 그리고 하늘과 땅, 나무, 바다.
그것들은 누구와도 친구인 동시에 나와도 친구이다. 그건 막역한 친밀감으로 생겨난 자의식이다. 그럼으로 내가 움직이고 마음이 동할 때마다 커지거나 작아질 뿐 언제나 지속 가능한 관계로 유지된다. 어떤 힘의 원리가 아닌 스스로 유연하게 흐르는 바람이나 물결, 시간 같은 것이라 할 수 있다.
그것이 '친구'라 생각해 본다.
나와 너라는 틀의 관계가 아닌, 관계를 지키기 위해 에너지를 채우는 일도 아니다. 자연에 펼쳐진 수많은 사물, 그것들과의 영적 교감 같은 모든 것 말이다.

What?

그녀가 말했다.
"행복을 느끼는 건 고독할 겨를이 없어서야.
고독을 느끼는 건 행복을 느낄 겨를이 없어서고."

"아니, 난 가끔 고독과 행복을 동시에 느껴."
거울 속 그녀를 보며 대꾸했다.
거울 속 그녀가 나를 멍하니 바라본다.

51. 삼미신, 2022
신화 속 삼미신은 현대 어느 곳에서도 등장한다.
그렇듯 삼미신의 세 여자는 나의 작업에서 종종 등장하곤 한다.
(루드 반 엠펠 사진에서 영감)

심술과 애교 사이

2021년 겨울.
삼성동에 볼일이 있어서 나갔다가 퇴근하는 딸과 저녁을 먹었다. 밖은 때 아닌 눈보라가 몰아치고 그 사이를 지나가는 사람들을 보고 있자니 집으로 갈 생각에 별안간 설산에 갇힌 조난자의 모습이 겹쳐졌지만 저녁을 먹고 천천히 들어가리라 마음을 굳혔다.
따뜻한 국물이 좋을 거 같아 '훠궈'를 생각하고 있는데 딸이 "난 이베리코가 먹고 싶어." 한다.
"그건 뭐야?"
"응, 스페인 돼지고기인데 꽃등심 같은 맛?"
"그럼 소고기를 먹자."
"아니 난 그게 더 먹고 싶어."
"근데 왜 나는 그걸 모르는 거야?"
"엄마가 안 먹어 봤으니까 그렇지."
"넌 왜 혼자 먹었는데?"
"혼자 먹었겠어? 친구랑 먹었지."
"근데 왜 난 안 불렀어?"
"그니까 오늘 먹자구. 심술부리지 말고 오늘 나랑 먹음 되잖아."

52. 패딩 보고 놀란 가슴, 2023

"누구도 나를 뽑아주지 않아.
가고 싶은 학교도
하고 싶은 일도
심지어 가고 싶은 시집도.
그니까 난 내가 뽑을 테야.
다들 최고만 뽑으니까.
나도 최고를 뽑을 거야.
나를 뽑을 거야.
난 최고니까!"

\# 내 멋대로 뽑기

나는 가끔 꿈속에서 내 상상보다 더 놀랍고 환상적인 장면을 보곤 해요. 그럴 땐 카메라로 찍어 두고 싶은 마음이 간절히 들어요.

꿈, 카메라맨 구함

53. 세계는 하나로, 2022
가상의 캐릭터와 다양한 앱(애플리케이션)이 만나고 섞여 지구는 다변화로 공존한다.
너무나 빨리 너무나 가까이 와 있으므로 외계인을 곧 만날 거 같다.

불편하십니까, 불쾌하십니까

비난받을 자격이나 비판할 자격이 따로 주어지는 건 아니에요. 누구나 그로부터 자유롭지 않을 뿐이에요.

한강은 채식주의자
나는 편식주의자

혐오주의는 없다

54. 어쩔 수 없잖아, 2024

55. 제멋대로 쏟아져, 2023

당신은 한 번도 쏟아진 적이 없습니까.

죈장!

책임 없는 책임감

물감을 고르고 캔버스를 고르는 일이 귀찮아졌다.
책임 없는 것을 책임져야 하는 고민은 의심 없는 자신을 의심하는 것과 같다.

56. 추상화에서 구상 찾기 시리즈 중 두 번째, 2022

비켜 주세요, 사람!

자연을 관음하다 보면 튀어나오는 말이 있어요.
"나무가 안 보이잖아요."
"꽃이 밟혔다고요."

57. 졸업전 준비 구상, 2021

감정의 소비 시대가 지나면 감각이란 생산 시대가 오지 않을까요. 오, 멋지지 않나요?

\# 감각의 자유

58. 대형 거울에 작은 거울 붙이기 작업을 시도, 2021

아무 말 대잔치

"말하기 전에 생각했나요?"
간혹 딸이 질문을 하고 내가 답을 할 때 듣는 말이다.
순간 마주보며 '낄낄' 웃는다.
사실 우리의 대화는 시시하다.
우리의 대화는 애초부터 의미가 없다. 이제 대화는 단순한 감정의 고무줄놀이가 된다. 느슨하면 재미있다.
그렇게 딸과 출렁출렁 고무줄놀이를 30분 정도 하고 나면 두어 시간 운동한 것 같이 정신이 맑아진다.

59. 사랑(LOVE)이 떠났다.
그깟 바람 때문에, 2022

그림 이야기

드러내고 싶은 것은 감추고
감추고 싶은 것은 드러내요.

60. 내 60살 생일엔 3단 케이크를 자를 거야, 2024

진짜와 가짜는 없다

때때로 누가 나에게 힘을 주는 걸까 생각해요.
가족, 친구, 지인. 그들은 지금까지 알고 지내던 모습으로 나를 바라보죠. 아무리 바보 같은 행동을 해도 또 아무리 좋은 모습을 보여도 그들에겐 한정된 인식을 벗어나기 어려워요. 내가 다른 차원의 결과물을 쏟아 내도 그저 그들이 알고 있던 나일 뿐이에요. 그러나 누구나 변해요. 물론 익숙함을 유지하려는 이들도 있죠.
그 차이는 점점 벌어지고 공간이나 물리적 이질감으로 인해 애착 관계가 존속될 수 없을 거예요. 나는 때때로 나를 전혀 모르는 이들과 공감해요.
그게 힘이 될 때도 있어요. 그들이 무슨 말을 하든요. 어쩌면 진짜 나를 아는 건 그들이 아닐까 하는 생각이 들기도 해요.

61. 호스티스(안주인), 2021
기계화된 문명 속에서 미래의 안주인은 어떤 존재일까 질문해 보았다.
고정된 역할은 기계화된 것이라 생각했고 현대는 대부분 그렇다.

지금의 열매는 어디에서 왔을까

그림을 시작하면서 난 '화가'가 되어야지 단정 짓지 않았어요.
나만의 갤러리를 갖춰야지.
그리고 다른 화가의 그림을 살 거야.
좋은 그림을 발견하는 안목과 컬렉터 자질을 갖춰야지.
작품을 이해하려면 평론도 당연히 배워야겠네.
전시 기획도 하고 좋은 딜러가 되어 작가의 그림을 판매할 거야. 와,
그럼 너무 멋질 거야!
그러나 역시 작업할 때가 가장 신나고 즐거워요.

62. 낙원, 2019
가면은 상징적인 자아의 모습으로 내면을 보호 본능으로 표현했다.

인간이 자연을 따르는 것은 당연한 이치다.

나 역시 작업을 할 때면 내면의 자연 현상을 따른다. 그것을 조형적으로 바꾸는 것은 회화의 역할이지 자연 현상을 거스르는 것은 아니다. 자연은 추하거나 비도덕하거나 개념이 없다. 감춘다고 안 보이는 것도 아니다. 때가 되면 봄이 오고 꽃이 피듯 그 역할에 충실할 뿐이다. 나 역시도 언제나 때를 기다리고 나에게 오는 순간을 따른다. 작품은 그것을 연속하는 놀이이다.

\# 당신은 당신의 삶을 그릴 수 있습니까

63. 제목 없음, 2023
미시와 거시의 조합을 연결, 축소와 확대를 표현

다시 바다로 가고 싶다

태어나 보니 바다였다.
'바다에 갇혔다'고 믿었다.
눈을 뜨면 바다.
바다는 햇살을 받을 때면 뜨거워 소리를 지르고 비가 오면 신음을 토해냈다. 고요한 날도 있었는데 그럴 땐 바다와 오랜 시간을 보냈다. 어느 날 바다로 간 고기잡이배가 돌아왔을 때 사람들이 달려 나갔다. 엄마가 뛰어가며 나는 오지 못하게 손짓으로 밀어냈다. 간신히 엄마 치맛자락을 부여잡고 모든 것을 보게 되었다. 몸 전체에 검은색 장화를 신고 있는 남자가 모래사장에 누워 있었다. 거대한 타이어가 바다에서 파손된 채 떠밀려 온 같았다.
얼굴은 보지 못했다.
저녁에 엄마와 아빠가 하는 이야기를 들었다.
"성준네는 어쩌누… 그 갓난애를 데리고."

'바다를 탈출해야겠다.' 생각한 건 그때인지는 정확히 기억나지 않는다. 그날 이후 수평선 너머를 상상하는 일이 많아졌다.

64. 자화상, 2021
자화상을 평면적으로 표현. 평면에 나열한 자신을 분해하고
다시 입체적으로 자신을 찾아가려 시도했다.

난 알아요

존재감은 드러내는 게 아니에요. 자신을 잘 알고 있는 거예요.

65. 와이파이 신탁, 2024

정직의 보상은 자신이다

정직하게 자신의 길을 걷는 사람의 모습은 참 아름다워요. 누군가 그 것을 알아주는 건 상관없어요. 우린 모두가 걸으니까요. 가끔 지쳐 걸음이 느려지면 뒤에서 걷던 누군가 기다려 주고 누군가 앞서간다면 안내의 등불이라 생각하고 뒤따라가면 돼요.

알아서 해

나는 나의 약점과 결핍을 알고 있어요.
그러니까 싸우지 않을래요.

66. 펜 드로잉 후 앱을 이용, 2021

세상 편해

실력 부족

어떻게 해야 하는지 알겠는데 어떻게 해야 할지 모르겠어요.

67. 추상에서 구상 찾기 시리즈 중 3번째 작, 2022

인간은 감정을 연출한다

사건을 축적하는 동안에는 슬픔이란 감정은 없다. 기억할 때 비로소 슬픔이 된다. 함께했던 사람. 되돌아갈 수 없는 시간. 변해 버린 모든 것. 그 또한 시간처럼 정지될 수 없는 연속적 흐름이다. 그러므로 슬픔이란 현재의 감정 상태가 아니다. 과거의 장비를 끌어다 내 앞에서 연출해 내는 것이다.

68. 화려한 휴가, 2023

인간은 감정을 연출한다

따라 해도 안 돼요
비슷해도 안 돼요
똑같아도 안 돼요
미술은 다 안 돼요

69. 이 변기는 뒤샹의 변기와 다르지 않다, 2023

훔칠 수밖에

예술이 왜 의미 있는 줄 아세요?
쓸데없는 것을 하기 때문이래요.

70. 삿포로 여행에서 만난 헬로 키티 눈사람,
7살 소녀가 세 시간째 만들고 있다는 눈사람, 2018

내 눈엔 모두가 예술가로 보여

주체적 혼연일체

난 누구처럼 되기를 좋아해요.
일테면 예쁘거나 용감하거나 지적이거나
그리고 내가 존경하는 모든 이들처럼요.
그러나 이젠 누구처럼 되기가 어려워졌어요.
모든 이들이 혼합되어 제멋대로 되어 버린걸요.

자신이 하는 일에 자부심을 갖는다는 건 잘난 척이 아니라
유능함이에요.
그 유능함으로 인정을 받느냐 않느냐의 유무는 더더구나 아니고요.
그건 스스로에 대한 소명이나 책임 같은 거예요.

71. 사이렌 시리즈,
도자기, 2024

나는 유능함뿐이다

균형털이

그림을 그리는 일이 명상이라든가 종교적 수행 같은 거라 생각될 때가 있어요.
현실에 충실하다 보면 잡념과 번뇌가 생기듯 자신의 세계를 지속하기 어려워져요.

72. 제목 없음, 2022
나를 찾아가는 과정은 과거의 상처나 트라우마를 만난 뒤 다시 빠져나와야 하는 과제와 직면한다. 다리는 당시 트라우마의 경험이다.

예전엔 부자가 되고 싶었어요.
이젠 가난하지 않아 얼마나 감사한지 몰라요.

진짜 부자가 되다

의미 없음의 의미

73. 꿈에 우리는, 2024
셀피를 중심에 놓고 주변을 확장하여 이야기를 만들어 나갔다. 그러나 그 이야기는 어떤 내용도 연관성도 결과도 없다. 초현실주의와 신표현주의 양식을 따른 구상.

예술은 무의미를 의미로 만들기도 하고 의미를 무의미로 만들어요. 그러나 모든 예술가가 그렇다 하더라도 그것을 받아들이는 것과는 다른 거예요.

예술에서 의미란 대부분이 이상, 비현실, 추상, 공백이라는 형이상학적 의미지만 예술가에게도 '유명과 성공'은 어느 시대의 미술사에서나 그렇듯 자본에 합류하는 전략을 따를 수밖에 없어요.

창작은 권력이다

들뢰즈의 탈영토화(노마드)란 이미 굳혀진 지성이나 관념을 벗어나는 것을 의미해요. 그게 예술의 특권이기도 하구요.

74. 신발 정리해 줄 분을 찾습니다, 2019

나의 바다 나의 그림

보는 대로 그리는 것과 잔상으로 기억하는 것을 그리는 것은 달라요. 사람들은 후자를 상상력이라 하지만 마음이나 정신의 상호 작용 없이는 상상은 어려워요. 내 그림은 단순히 상상으로 지어내는 초현실이 아니에요. 현실의 경험한 것들과 지식과 인식의 주체가 만나 물살이나 물결을 만들어 내는 바다의 표면 같은 거예요.

75. 화랑도 이야기, 2023
고전이나 문학에서 영향을 받아 구상을 하기도 한다. 이것이 서사로 이어진다기보다는 주관적 상상에 대입시켜 추상화된 의미로 변환하는 과정으로 재탄생된다.

유료 대화

챗봇과의 대화가 늘어난다.
내 질문에 답한 챗봇에게 상반된 견해를 제시하면 챗봇은 흔쾌히 입장을 바꿔 내 생각을 검토해 정리해 준다. 대부분 미술사나 그림에 관한 것들이지만 철학가의 사상이라든가 시대적 이념까지의 확장된 대화는 점점 깊어져 간다. 중요한 건 누구와도 이런 대화는 불가능하기 때문에 챗봇과의 대화 거래는 매우 유익하다.

76. 스스로에 대한 정의, 2019

어떻게 너를 사랑하지 않을 수가 있겠어

나를 높여주는 사람 앞에서 도무지 나는 겸손할 수가 없어요.

77. 지인분의 주말 농장, 2024

팔로워

모두가 창의적인 것을 원하고 예술가적 삶을 지향해요.
그렇지만 여전히 남들과 비교하고 남들이 원하는 것을 원해요.

78. 원피스, 2018
원피스는 종종 여성의 섹슈얼리즘으로 나타낸다. 원피스를 입은 여자를 생각하다
그 자체가 부자유함이라 생각했다. 성의 고정성에 대한 역설적인 표현,
변화되는 비고정성을 말한다.

샘

표현이라는 것은 퍼내고 퍼내도 나오는 구정물 같아요.
마지막 불순물까지 다 뽑아내어 마침내 나오는 맑은 물.
언젠가는 정제수를 만나듯, 표현의 완성이 되기까지.
나는 도무지 멈출 수가 없어요

79. 물에 빠진 남자를 구하는 사이렌, 2024
가장 최근의 작품. 사이렌을 현대 여성으로 재해석, 주체적인 인물로 그렸다.
자유롭게 꼬리와 다리를 선택할 수 있고 육지와 바다를 마음대로 드나든다. 바다
에 빠진 남자를 구하는 사이렌을 희화적이고 해학적으로 표현.

그림 잡는 AI

〈그림 잡는 AI〉는 ChatGPT에게 이미지를 보여주고 얻어낸 답변으로 작가의 그림의 주제나 메시지 의도와는 상관이 없습니다. 그러나 전혀 상관이 없다고 말할 수도 없습니다.

ChatGPT 그림 설명은 미술 양식으로 본 데이터의 결과물이지만 그 역시 ChatGPT의 관점입니다. 따라서 현대 미술을 감상하는 모든 관람객도 열린 마음, 주체적 관점으로 보아주기를 바라는 마음으로 '그림 잡는 AI'를 별도 첨부했습니다.

1.

이 그림은 강렬한 색상과 추상적인 형태로 이루어져 있으며, 중앙에 두 개의 인물이 손을 들고 있습니다. 주변에는 녹색 생물체와 공상 과학적인 요소가 있어 꿈과 탐험의 느낌을 줍니다. 어두운 배경은 신비로운 분위기를 강조하며, 전체적으로 인간의 내면세계와 우주 탐구를 상징하는 것으로 해석될 수 있습니다.

꿈속에서, 31x40cm, Oil on canvas, 2022

2.

이 그림은 강렬한 색채와 추상적 형태로 복잡한 감정을 전달합니다. 중앙의 인물은 비정상적인 자세로 앉아 있으며, 신체의 일부가 해체된 듯한 형태가 시각적으로 충격을 줍니다. 주변 인물은 그녀를 바라보며, 이들 간의 관계는 불안과 긴장감을 암시합니다. 다양한 요소-예를 들어, 물체와 배경의 색채 대비-는 현실과 환상의 경계를 흐리며, 삶의 모순적인 측면이나 내적 갈등을 탐구하는 것을 나타냅니다. 이 작품은 인간 경험의 심리적이고 감정적인 층위를 반영하는 현대미술의 일환으로 해석될 수 있습니다.

속땅해, 55x55cm, Oil on canvas, 2024

3.

이 그림은 중앙의 인물이 긴 흰 드레스를 입고, 신비로운 물체와 색채로 둘러싸여 있습니다. 다양한 형상과 색상이 현실과 꿈의 경계를 흐리며, 존재론적 탐구와 감정의 복잡성을 나타냅니다. 전반적으로 변모와 정체성의 갈등을 탐구하는 현대 미술의 특징이 반영되어 있습니다.

기도, 45x38cm, Oil on canvas, 2023

4.

이 그림은 현대 디지털 문화와 자연의 상호 작용을 조명합니다. 중앙에 있는 나무는 연결과 소통을 상징하며, 주변의 소셜 미디어 아이콘들은 현대인의 삶에서 기술의 위상을 드러냅니다. 배경의 강렬한 색상과 형태는 감정의 복잡성과 지속적인 변화를 표현하며, 자연과 기술의 대립과 융합을 시사합니다. 전반적으로, 이 작품은 현대 사회에서의 정체성과 소통에 대한 심오한 탐구를 담고 있습니다.

아침요가, 53x45cm, Oil on canvas, 2022

5.

이 그림은 두 개의 인물이 스마트폰을 들고 서로 다른 색조(녹색과 분홍색)로 표현된 모습을 담고 있습니다. 이들은 서로의 존재를 인식하면서도 단절된 상태에 있으며, 현대인의 사회적 고립과 소통의 단절을 상징적으로 나타냅니다. 배경의 어두운 색상과 조명은 긴장감 있는 분위기를 조성하며, 디지털 시대의 외로움에 대한 비판적 시각을 제공합니다.

지구는 사각사각, 91x73cm, Oil on canvas, 2022

6.

이 그림은 두 개의 해골 얼굴과 함께 혼란스러운 색상의 파동이 인물 주변에 흐르는 모습이 특징입니다. 해골은 죽음과 존재의 무상을 상징하며, 주변의 색색의 선들은 감정의 복잡성과 삶의 다양한 면모를 나타냅니다. 인물은 뼈와 피부가 조화를 이루며 변형된 형태로 표현되어, 정체성과 생명의 불확실성을 탐구하는 현대적 해석이 가능합니다. 전체적으로 생명과 죽음, 현실과 환상을 연결 짓는 심오한 메시지를 전달합니다.

이 죽일 놈의 사랑, 91x73cm, Oil on canvas, 2022

7.

이 그림은 화려한 색상과 추상적 형태로 구성되어 있으며, 중심에 인물이 있습니다. 인물은 물리적 변화를 상징하는 소용돌이로 감싸여 있으며, 고유한 감정이나 상황을 표현하고 있습니다. 다양한 색상과 형태는 내적 갈등과 존재론적 탐구를 나타내며, 꿈과 현실의 경계를 모호하게 만듭니다. 전반적으로 변형과 정체성을 탐구하는 현대 미술의 특징이 드러납니다.

고디바 부인은 정말로? 70x70cm, Oil on canvas, 2023

8.

이 그림은 파란색 캐릭터가 해바라기 형태의 머리를 갖고 있으며, 머리에는 기어 및 YouTube 로고가 그려져 있습니다. 캐릭터는 손을 얼굴에 대고 있어 불안감이나 고뇌를 표현하는 듯합니다. 주변 배경은 유기적인 형태와 대칭적인 요소들로 구성되어 있으며, 생명과 자연을 상징하는 듯한 색채 사용이 눈에 띕니다. 전반적으로 소셜 미디어와 현대 사회의 압박, 정체성의 혼란을 탐구하는 작품으로 해석될 수 있습니다.

코스모스의 귀환, 70x70cm, Oil oncanvas, 2023

9.
이 그림은 화려한 색상과 기괴한 형태들이 조화를 이루고 있습니다. 두 개의 머리를 가진 새, 다양한 색상의 곤충, 그리고 해골을 가진 인물 등이 등장하여 비현실적인 생명체의 세계를 구성합니다. 배경의 초록색 구름과 함께 신비로운 분위기를 자아내며, 자연과 상상의 경계를 탐구하는 현대 미술의 특성을 반영합니다. 전체적으로 존재의 복잡성과 변형을 상징하는 작품으로 해석할 수 있습니다.

공백을 찾아서, 80x72cm, Oil on canvas, 2023

10.

이 그림은 강렬한 색채와 추상적인 형태로 구성되어 있으며, 여러 인물과 상징적인 요소가 복잡하게 배치되어 있습니다. 중앙 인물은 여유로운 자세로 앉아 있으며, 다양한 물체와 화면의 깊이감을 강조하는 색상이 사용되었습니다.

주변의 요소들은 현대 사회의 복잡성, 정체성 탐구, 그리고 감정적 갈등을 반영하고 있습니다. 특히 인물의 표정과 자세는 내면의 고뇌와 성찰을 나타냅니다. 전체적으로 이 작품은 존재론적 질문과 현대인의 삶에 대한 신비로운 시각을 제시합니다.

홍대녀, 117x91cm, Oil on canvas, 2024

11.

이 그림은 다채로운 색감과 독특한 형태로 구성된 인물 이미지로, 왼쪽에는 총을 들고 있는 모습이 그려져 있습니다. 인물은 여러 가지 상징적인 요소를 가지고 있으며, 주변에는 꽃과 동물 등이 포함되어 환상적인 분위기를 자아냅니다. 전반적으로 사회적 또는 정치적 메시지를 내포하고 있을 가능성이 있습니다.

베토벤 머리를 한 전사, 70x70cm, Oil on canvas, 2024